직장인 해우소

퇴사병이 도질 때마다 읽는 책

직장인 해우소

최진영 지음

解 憂 所

중앙books

차
례

1장

나는 퇴사를 꿈꾸는 직장인입니다

퇴사맹세 10 | 출근사랑 12 | 구만울려 14 | 상욕나와 16 | 금수저 18 |

법카충 20 | 연차휴가 22 | 연차소진 24 | 성장통 26 | 환영회 28 | 직장

암 30 | 희로애락 32 | 예감적중 34 | 막내부터 36 | 대략난감 38 | 휴왜

사노 40 | 나만병신 42 | 대충하자 44 | 생존우선 46 | 식후양치 48 | 신

입채용 50 | 편한세상 52 | 연말정산 54 | 하여가 56 | 금요여관 58 | 발

라부려 60 | 세상억울 62 | 전송사고 64 | 불지옥 66 | 삼위일체 68

2장
습관처럼 출근해도 줄야근은 여전히 면역이 안되고요

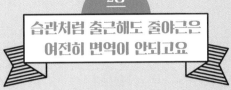

야근이군 72 | **조은아침** 74 | **오타발견** 76 | **형식절차** 78 | **결재** 80 | **반려자** 82 | **주간업무** 84 | **점입가경** 86 | **내일하자** 88 | **내일보자** 90 | **아기래유** 92 | **하고파여** 94 | **호로색이** 96 | **막장이내** 98 | **견해** 100 | **월초평온** 102 | **월말광분** 104 | **대상물색** 106 | **말해모해** 108 | **전나갈금** 110 | **열정도전** 112 | **대형거울** 114 | **제자리** 116 | **희망소원** 118

3장
매일 갈구는 상사는 인생에 도움이 안됩니다

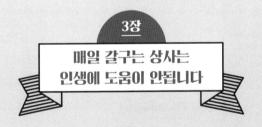

매일지랄 122 | **도라이** 124 | **무한사랑** 126 | **붕신** 128 | **개존만이** 130 | **족가내유** 132 | **회식제일** 134 | **회식예약** 136 | **폭풍회식** 138 | **차잔차잔** 140 | **차곡차곡** 142 | **한잔만** 144 | **대리운전** 146 | **앵두** 148 | **배변신**

호 150 | 발광 152 | 내가언제 154 | 구건제가 156 | 이해하지 158 | 의지
박약 160 | 희대병신 162 | 시발상사 164 | 시봉세 166 | 부장출장 168 |
개임방 170 | 어구래시불 172 | 계산개임 174 | 착한상사 176

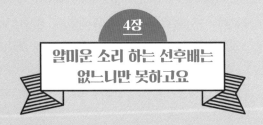

세균박멸 180 | 니미족가 182 | 박치내 184 | 기미상궁 186 | 감사 188
| 태세전환 190 | 알아서해 192 | 공차장 194 | 전퇴사요 196 | 청첩장
198 | 대면대면 200 | 수래기통 202 | 한대피자 204 | 담배타임 206 | 가
배시간 208 | 세대가리 210 | 진상질 212 | 수군수군 214 | 복선 216 | 래
고모리 218 | 가식쟁이 220 | 어대가니 222

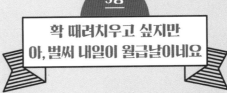

5장

확 때려치우고 싶지만
아, 벌써 내일이 월급날이네요

지금일걸 226 | **점심시간** 228 | **십오분전** 230 | **가치가자** 232 | **내가손
다** 234 | **구만처묵** 236 | **가족사랑** 238 | **회사원** 240 | **자체병신** 242 | **복
역수** 244 | **어린이날** 246 | **거지색이** 248 | **허수아비** 250 | **어대야** 252 |
공부다짐 254 | **니가몰알아** 256 | **만원경쟁** 258 | **한가위** 260 | **고독해
여** 262 | **애수홀** 264 | **쇠옹지마** 266 | **수발** 268 | **색기** 270 | **편한신발**
272 | **대지우리** 274 | **포옹당** 276 | **고생사서함** 278

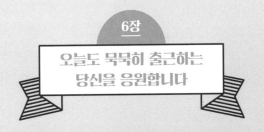

6장

오늘도 묵묵히 출근하는
당신을 응원합니다

니미족도 282 | **내보려도** 284 | **인섬니아** 286 | **퇴사가답** 288 | **면상석음**
290 | **구조조정** 292 | **인사명령** 294 | **도퇴방지** 296 | **사가제창** 298 | **여보
세요** 300 | **주인박명** 302 | **고리물기** 304 | **연례행사** 306 | **발간날** 308 |
시간안가 310 | **눌웅지** 312 | **능력자** 314 | **화장실** 316 | **새해복** 318

1장

나는 퇴사를 꿈꾸는 직장인입니다

退 물러날 社 모일 盟 맹세 誓 맹세할

퇴 사 맹 세

퇴사에 대한 맹세

나는 밝아오는 내일 앞에
더 나은 인생을 위하여
올해는 반드시 퇴사할 것을
굳게 다짐합니다.

두려워할	겨우	버릴	밝을
출	**근**	**사**	**랑**
怵	僅	捨	朗

겨우 두려움을 버리고 밝은 척하다

아무리 겪어도 적응 안 되는 월요일 아침.

시끄러운 모닝알람도, 불편한 정장도, 숨막히는 지옥철도 싫지만

무엇보다 상사에게 웃으며 건네는 거짓말이 싫다.

"좋은 아침입니다. 팀장님."

<table>
<tr><td>노래</td><td>찰</td><td>답답할</td><td>생각할</td></tr>
<tr><td>구</td><td>만</td><td>울</td><td>려</td></tr>
<tr><td>謳</td><td>滿</td><td>鬱</td><td>慮</td></tr>
</table>

벨소리로 가득 차니 답답한 생각뿐

오늘도 쉼 없이 울려대는 이놈의 전화.

받아보면 별것도 아니면서 일이 손에 잡힐 만하면 또 울린다.

뭐 어쩌겠어. 결국 오늘도 야근이지.

항상 ‑ 욕심 ‑ 어찌 ‑ 누울

상 욕 나 와

常 ‑ 慾 ‑ 那 ‑ 臥

항상 일 욕심이 있다면 어찌 집에 가 누으리오

"퇴근 30분 전에 미안한데 이것 좀 처리해줄 수 있어?"

"그럼요, 한두 번도 아닌데요. 전 언제나 상욕나와요."

<table>
<tr><td>이제</td><td>목숨</td><td>막을</td></tr>
<tr><td>금</td><td>수</td><td>저</td></tr>
<tr><td>今</td><td>壽</td><td>抵</td></tr>
</table>

이번 생은 안 되겠다

현실은 흙수저이지만 뱃살만큼은 금수저.

다음 생은 참치로 태어나야겠다.

법   종족 이름   벌레

(법 카 충)

法   作   蟲

법인카드 벌레 종족

아들은 버카충. 당신은 법카충.

외근 나갈 때마다 아랫사람들 카드 걷어가면

본인 카드는 대체 언제 쓰시나요.

가족 기념일 챙기는 데에 쓰진 않겠죠? 에이 설마.

그럴	탄식할	쉴	겨를
연	**차**	**휴**	**가**
然	嗟	休	暇

휴가 쓰면 자연스레 탄식하다

"그날 꼭 휴가 써야겠어?"

막내인 내가 눈치보며 고민한 끝에 결재 올렸으면

그날 꼭 쉬어야겠으니까 올렸겠지.

내가 한 달 내내 쉬다가 또 쉬겠다는 것도 아닌데,

꼭 그렇게 물어봐야겠어?

휴 가 신 청 서

결재	담당	선배1	선배2	사수	대리	과장	과장2
	☺	왜	왜	왜	왜		

연차 소진

年 次 訴 姫
해 버금 호소할 삼갈

연차를 쓰되, 삼갈 것을 호소하다

"연차 소진이 상부지침이니 올해 잔여분 결재 올려.

그런데 다들 바쁜 와중에 혼자 오랫동안

자리 비우면 너도 눈치 보이잖아?

그러니 결재는 올리고 알아서 출근해."

내가 안 쓴 건가요. 당신들이 암묵적으로 못 쓰게 한 거지.

지금처럼.

정성   베풀   아플

(성   장   통)

誠   張   痛

정성스레 베푸는 고통

당장은 힘들어도 이 성장통을 참고 열심히만 하면 금방 큰다며

저를 위해 일을 주는 거라고 하네요.

무슨 개소리를 이리 정성스레 한담.

근심 　맞을 　모일

환 영 회

患 　迎 　會

모여서 근심을 맞이해라

'내가 손해 봤으니 보상을 받아야 해'라는
일종의 보상심리도
'내가 손해 봤으니 남들도 손해봐야 해'라는
보복심리로 만드는 직장문화 클라스.
그렇게 올해도 누구 좋으라고 하는지 모를
'신입 환영회'란 전통을 이어갑니다.

직분 마당 암

직 장 암

職 場 癌

직장 때문에 생기는 암

연이은 회식으로 인한 간암.

맵단짠의 식단으로 생긴 위암.

그리고 직장인이라는 이유만으로도

왜 걸리는지 알 것 같은 직장암.

한숨 쉴 성낼 슬플 지질
희 로 애 락
噫 怒 哀 烙

한숨 나오고, 열 받고, 눈물 나오고, 지지고 볶고

부장님의 시덥잖은 개그에 웃어야 하고,
차장님의 똥질에도 웃어야 하고,
과장님의 책임전가에도 웃어야 하고,
대리님의 업무투척에도 웃어야 합니다.
감정 표현의 폭까지도 직급이 결정하는 이곳에서
저에게 희노애락은 사치인가 봅니다.

기쁨

화남

슬픔

즐거움

더러울　　　　느낄　　　　맞을　　　　가운데

예 감 적 중

濊　　　　　感　　　　　適　　　　　中

더러운 느낌은 언제나 들어맞더라

항상 늦던 팀장은 왜 내가 늦은 날에만 일찍 오고,

안 하던 실수는 왜 높으신 분들 앞에서만 하는 걸까.

어째서 머피의 법칙은 항상 예감적중일까.

막내부터

고요할	견딜	질	펼
寞	耐	負	攄

아무도 나서지 않는 침묵을 견디고 짊어지며 의견을 펼치다

"우리 팀에서는 내일 연탄 봉사활동 누가 가는 거야?"

"전 부문장님이 시키신 일이 있어서."

"전 내일 거래처 미팅 잡혔어요."

"내일까지 기획팀 제출 자료 작업 중입니다."

나에게 시켰던 일들을 갑자기 본인들의 내일 할 일로 정해두고

나에게 마지막 발언권을 주는데 내가 무슨 말을 할 수 있겠어.

돌려 말하긴 했지만 이분들의 요지는 이거지.

'내 짬에 거기 가야겠냐.'

대신할	던질	어려울	견딜
대	**략**	**난**	**감**
代	擸	難	堪

모두를 대신해 드립을 던지며 홀로 어려움을 견디다

"누구부터 아이디어를 말해볼래?"

이 분위기는 뭐죠. 왜 다들 저만 쳐다보는겁니까.

이럴 때만 첫 발언권을 주는 것도 어이없는데

당신들의 눈빛에서 마음의 소리까지 들려오네요.

'잘 말해라. 우리 차례까지 안 오게.'

쉴 휴　탄식하는 소리 왜　닮을 사　일할 노

休　欵　似　勞

쉬기 위해 일하는지, 일하기 위해 쉬는지.
쉼과 일이 탄식할 정도로 닮다

일요일 밤, 쏜살같이 지나간 주말을 떠올려 봅니다.

주말에 쉬기 위해 주중에 일하는 것인가,

주중에 일하기 위해 주말에 쉬는 것인가.

어찌 | 거만할 | 병풍 | 끙끙거릴

나 만 병 신

那 | 慢 | 屛 | 呻

병풍마냥 끙끙댄 시절을 생각하면 어찌 거만하리오

처음이니 못할 수도 있죠.

당신은 처음부터 잘했나요?

정말 나만 병신이냐고요.

큰 | 벌레 | 어찌 | 부지런할

대 충 하 자

大 蟲 何 孶

큰 벌레가 있는데 부지런해봤자 뭐하나

혼자 할 수 없는 일이 대부분인 회사 업무.

내 분량 열심히 해서 다른 팀에 넘기면 뭐하나.

중간에 똥 싸지르는 베짱이 한 마리가 껴 있는데.

날	있을	근심	먼저
생	**존**	**우**	**선**
生	存	憂	先

생존에 대한 걱정이 먼저

직장 경험이 쌓이다 보면,

외모관리가 얼마나 부질없는지 깨닫게 되죠.

힘들어 죽을 것 같은데 외모 가꿀 시간이 어디 있어.

신입

- 렌즈 상시 착용
- 완벽한 헤어 스타일링
- 단정한 옷차림

대리

- 거의 매일 안경 가끔 렌즈
- 드라이로 헤어 모양만 냄
- 헐렁한 옷차림

과장

- 상시 안경 + 동태눈
- 가끔 머리 안 감기도 함
- 이틀에 한 번 면도
- 노타이

식 후 양 치

食　後　養　齒

양치는 식사시간 이후에

양치도 업무 중 하나입니다.

저의 입냄새로 고통받는 것은 제가 아닌 동료들이니까요.

그러니 양치는 업무시간에 해야죠.

말 나온 김에 점심시간도 끝났으니 양치 좀 하고 올게요.

새 · 들 · 캘 · 모양

신 입 채 용

新 入 採 容

뽑는 형태만 신입

신입이 지원할 수 있는 유일한 전형.

경력직이 대우는 못 받아도 이직을 위해 지원할 수 있는 전형.

그리고, 신입 인건비로 경력자를 쓸 수 있는

기업에게는 그런 이상적인 전형.

치우칠	한국	인간	생각
편	**한**	**세**	**상**
偏	韓	世	想

한국인들의 생각이 제각각 치우쳐지다

인력 감축에도 꿋꿋하게 일을 성공시키는 직원들 덕에

'가능할까?'라던 기업의 의구심은

'추가 감축'이라는 확신으로 바뀌었습니다.

이것이 취직이 어려워진 이유이며 우리가 야근하는 이유죠.

안 보인다고 해서 문제가 없는 건 아닐 텐데.

사람 부려먹기 참 편한 세상이군요.

끝

염탐할

깎을

연 말 정 산

年 末 偵 刪

연말에 지갑을 염탐당하고 깎이다

일년에 월급은 열두 번 받는데

왜 세금은 열세 번 내나요.

올해는 꼭 피하고 싶습니다. 13월의 징세.

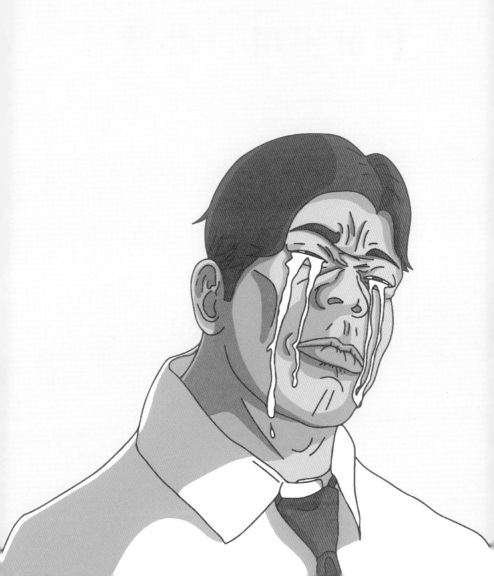

어찌 何   같을 如   노래 歌

하 여 가

이런들 어떠하고 저런들 어떠하리.
어차피 직장인인데

점심시간이 한 시간 반이면 어떠하며

칼퇴가 보장되면 어떠하리.

갑과 을로 나눠지는 이 세상에서

너나 나나 다 같은 직장인일 뿐인데.

금할	오줌	나그네	집
금	요	여	관
禁	尿	旅	館

배변이 금지된 여관

목요일 회식이 늘면서

새근새근 숨소리만 들려오는 금요일 오전의 화장실.

나오는 이는 없고, 들어가는 이도 없으며,

기다리다가 다른 층 화장실로 가는 이들만 있을 뿐이다.

<table>
<tr><td>밟을</td><td>벗을</td><td>쪼갤</td><td>생각할</td></tr>
<tr><td>발</td><td>라</td><td>부</td><td>려</td></tr>
<tr><td>跋</td><td>裸</td><td>剖</td><td>慮</td></tr>
</table>

밟고 벗기고 쪼갤 생각

퇴근 후 동기와 함께 하는 맥주 한 잔과 마른 안주 한 접시.

안주의 감칠맛은 고추장이 살리고

술맛은 우리 부장이 살린다.

술안주로는 역시 상사가 제격이지. 발라부려.

떳떳함이 허물을 벗고 억울함으로 바뀌는 순간

하루종일 놀아도, 될 놈은 되고

하루종일 일해도, 안 될 놈은 안 되더라.

화장실도 참으며 일하다가 업무차 로그인한 SNS로

친구랑 딱 한 마디 나눴을 뿐인데

그때 마침 우리 팀장님이 내 뒤를 지나가네.

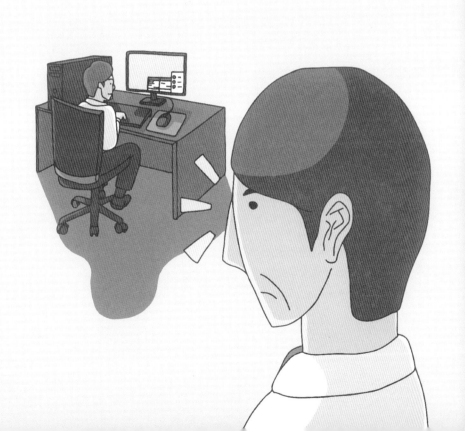

앞　　　보낼　　　잠깐　　　돌아볼

전　송　사　고
前　　　送　　　乍　　　顧

보내기 전에 잠깐이라도 확인해라

부장님에 대한 뒷담화를 동기와 빨리 나누고 싶어,

급히 메신저를 켜고 말을 걸다보니

나도 모르게 부장님께 말을 건 이 난감한 상황.

꼭 이럴 땐 1도 빨리 없어지더라.

불 지 옥

아닐 알 옥

不 知 獄

감옥인지 모르게 하다

"(사실 연봉에 포함되어 있지만) 올해는 명절 떡값 더 드립니다.
앞으로도 열심히 일해줘요."
노예를 가두기 위한 가장 효과적인 방법은
그곳이 감옥인지 모르게 하는 것입니다.

석 자리 한 잡을

삼 위 일 체

三 位 一 逮

세 가지 중 하나만 잡아도…

돈. 사람. 일.

세 가지 중 하나만 만족해도 다닐 만한 직장이라고 하죠.

당신은 어떤 것에 만족하며 다니고 있나요?

2장

습관처럼 출근해도 줄야근은 여전히 면역이 안 되고요

밤에 삼가야 할 행동으로 인해 병을 앓는 무리

눈만 봐도 알아요.

당신, 어제 야근했군요.

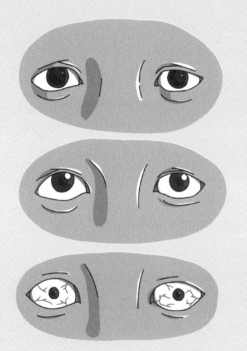

코카인
체중저하, 지각장애, 동공확장

대마초
감각강화, 운동능력 저하, 환각증세

야근
육안으로도 위험상태 인지 가능,
귀가조치 필요

<table>
<tr><td>아침</td><td>괴로워할</td><td>나</td><td>침노할</td></tr>
<tr><td>조</td><td>은</td><td>아</td><td>침</td></tr>
<tr><td>朝</td><td>慇</td><td>我</td><td>侵</td></tr>
</table>

아침부터 괴로워하며 나한테 당해봐라

"조은아침이야. 어서 와.

광고 건은 어제 파일 다 취합해서 넘겨주고 퇴근한 거지?

신문사 건은? 어디까지 진행됐어? 연락은 해봤어?"

저기요, 대리님. 일단 가방 좀 내려놓으면 안 될까요?

그르칠   감출   쏠   볼

오 타 발 견

誤   躲   發   見

감춰져 있던 오타는 결재 쏘고 나서야 보이네

결재 올리기 전, 수없이 검토했던 품의서와 기안서.

절대 없을 거라 확신했던 오탈자는

어째서 상신만 하고 나면 보이는지.

찾기 어려운 오탈자도 아닌데…

모양　　　꾸밀　　　험할　　　또

형 식 절 차

形　　　飾　　　巇　　　且

모양 꾸미느라 또 한번 험난하다

상무는 간략한 보고서 형태, 팀장은 PPT 발표 형태.

내용 채우기도 험난했는데

같은 내용을 또 다른 형태로 꾸미느라

나의 소중한 근무 외 시간이 날아간다.

결 재

肛門 睽 瞰

항문으로 보다

이제 와서 몰랐다고 하면 찍었던 결재 도장이 없어집니까?

한두 번도 아니고 본인은 몰랐다는 말이 어이없네요.

서류를 똥구멍으로 검토하시나.

돌이킬　어그러질　놈

반　려　자

返　戻　者

반려하는 자

"그런 내용이 있었어? 난 못 봤지. 그럼 다시 결재 올려."

선반려 후정독으로 한 번 할 일을 두 번 하게 만드는

나의 직장 반려자.

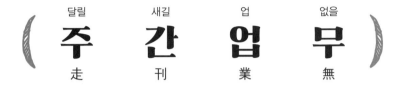

한 주를 달렸건만 결국 쓸 건 없네

분명 일주일 내내 쉴 새 없이 바빴는데

막상 뭐했는지 써보라고 하면 쓸 게 없어.

점점 점 漸　**들** 입 入　**더할** 가 加　**다툴** 경 競

가면 갈수록 갈등은 더해지지

본인 팀을 설득하는 것도 많이 힘들었죠?

하지만 그건 단지 준비과정이었어요.

부문장 설득하고, 유관부서장 결재 받아내고,

실무자들 협조 이끌어내는

진정한 모험은 지금부터 시작입니다.

중보   막보   개막보

올 / 내 / 來
편안할 / 일 / 逸
어찌 / 하 / 何
찌를 / 자 / 刺

오는 편안함을 어찌 막으리오

오늘의 내가 무사해야 내일의 내가 있기에
뒷일은 생각하지 않기로 했다.
회의 들어가신 우리 팀장님, 저 먼저 퇴근합니다.

올　　편안할　　걸음　　밟을

내 일 보 자

來　　逸　　步　　跐

오는 편안함이 밟히다

호기로운 칼퇴 후

하루를 여유롭게 마무리하면

그제야 귀에 맴도는 팀장님의 목소리.

너 내일보자.

나 버릴 올 죽일

아 기 래 유

我 棄 來 劉

이성이 버려지고 살인충동이 올 때

궁금해할 것 같은 내용을 구구절절 메일에 써놨건만

왜 읽어보지도 않고 무조건 전화부터 합니까.

짜증을 억누르고 메일에 자세히 써놨다고 설명해주면

돌아오는 말이 더 가관이에요.

"아 그래요? 그럼 일단 간단히 요약해서 말해줘요."

클	외로울	갈래	생각할
하	고	파	여
嘏	孤	派	慮

외로움은 커지고 서로의 의견은 갈리다

내 배 불리자는 것도 아니고 회사 이익 챙기자는 건데

다들 왜 이리 비협조적이냐.

니네 일 늘어난다고 자꾸 안 된다고 할 거냐.

좋을　　　이슬　　　빛　　　설사
호　로　색　이
好　　　露　　　色　　　痢

설사가 이슬빛처럼 곱다

밑바닥 일도 해봐야 전체적인 업무 프로세스를 이해할 수 있다며

내게 떠넘겨지는 똥보다 더한 설사.

당신 덕에 이미 밑바닥 전문가가 된 제가

설마 아직까지도 그 프로세스를 모르겠습니까.

주워담을 수 없는 설사일 뿐인데 참 이쁘게도 포장하십니다.

이쁜 설사. 호로색이.

조용히 문서작업만 하면서 자리를 지키다

백번 양보해서 결재 도장만 찍는 업무라면 차라리 기계가 낫겠어요.

최소한 기계는 도장을 제자리에서 빠르게 찍어주기라도 하지.

이분은 대체 어딜 그렇게 돌아다니시는 거야.

막장이네, 막장이야.

개   돼지
견 해
犬   亥

개돼지

당신들의 견해는 필요없으니 시키는 대로만 해주세요.

우리 기업의 미래를 이끌어갈 꿈나무 개돼지님들아.

월 초 평 온

月 初 平 穩

월초에는 평온하다

분노조절장애가 있으신 우리 팀장님이

브랜딩 강의와 함께 인자한 격려를 한다면

그것이 바로 실적 압박이 덜한 월초의 효과.

월말에는 미쳐 날뛰다

실적이 대체 뭐라고 인자했던 분이 월말에는 광분하는 거냐고요?

그 반대죠. 지금 모습이 본모습입니다.

생각을 대신해줄 '물건' 찾는 중

"아이디어 생각해 오라고 얘기했었지? 누구부터 말해볼래?"

팀장님 말에 다들 슬금슬금 눈을 피합니다.

생각해오라고 해서 바로 아이디어가 뚝딱 나오면

제가 벌써 팀장 달았습니다.

끝 末 본보기 楷 아무 某 해할 害

말 해 모 해

결국 끝은 본보기로 아무나 해하기

아무 말도 안 하는 분위기에 슬슬 짜증이 났는지

비아냥대며 운을 떼는 팀장님.

"넌 평상시엔 말 많으면서 회의시간에만 입 다물더라?

왜 가만히 있어? 말해! 뭐해!"

나만 힘들어질텐데 말해서 뭐해.

오로지   붙잡을   꾸짖을   다스릴

전 나 갈 금

專   拏   喝   彶

오로지 붙잡아놓고 꾸짖어 다스리다

드라마에서나 봤던 직장인들의 엘레강스한 회의 모습.

실제로는 그런 거 하나도 없어요. 그냥 전나갈금.

몇 시간씩 회의를 해도 스트레스만 받고 결과물이 없는 이유죠.

그렇다고 질려버리면 안 돼요. 내일 또 하거든요.

열 정 도 전

열등한 곳에 머물도록 뒤집어 인도하다

철학 전공자는 회계팀. 경영학 전공자는 공장설계팀.

각자의 자리에서 열정을 갖고 도전해보라는

이해하기 힘든 인사팀의 판단.

이런 회사는 둘 중 하나지.

직원의 다양한 경험을 위해 비용 생각 안 하는 통 큰 기업이거나,

아니면 이것이 이 회사의 전반적인 일처리 방식이거나.

그런데 아무리 봐도 전자는 아닌 것 같단 말이야.

대할 모양 클 답답할
대 형 거 울
對 形 巨 鬱

형태만 마주하니 진짜 답답하네

팀장님께 인력충원을 요청드렸다.

이미 수십 번째였기에 내심 기대가 컸다.

다음 날 내 앞자리에는 대형거울이 새로 들어왔다.

이제 인원은 두 명이 되었으니 나만 두 명처럼 일하면 되는 건가.

맞다. 우리 회사는 늘 이런 식이었지.

(제 자 리)

끌 提　마음대로 恣　떠날 离

제각각 마음대로 끌어대니 떠날 수가 있나

사공이 많으면 배가 산으로 간다고?

제발 산이라도 가봤으면 좋겠다.

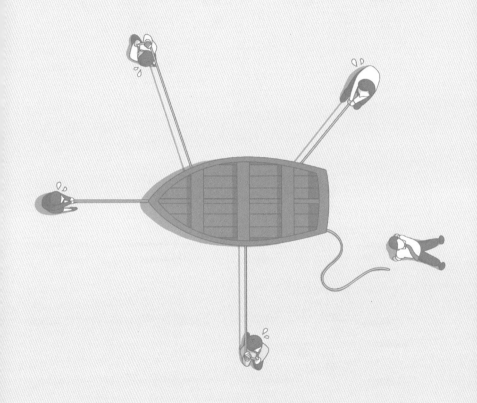

바랄　바랄　본디　멀

(희 망 소 원)

希　望　素　遠

희망하던 것과 거리가 멀다

"아까 시킨 거 다했어?

처리해야 할 게 한두 가지가 아니야.

빨리 좀 해봐. 그래야 내가 퇴근하지."

나의 꿈은 월급루팡인데

현실은 월급루팡의 노예.

3장

매일 갈구는 상사는 인생에 도움이 안 됩니다

묻을　　편안할　　　이를　　　발랄할

(매　일　지　랄)

埋　　　逸　　　至　　　刺

편안함에 묻혀 발랄함에 이르다

"차장님, 요새 안색이 좋으시네요. 매일지랄해서 그런가 봐요."

"그러게, 업무도 잘 풀리고 요새 너무 편안해.

다 네 덕분이지. 오늘도 잘 부탁해."

길   게으를   다스릴

도 라 이

道   懶   理

게으름을 다스리는 방법

게으르면 뒤처진다며 자기계발을 중시하는 우리 팀장님.

그런데 당신 밑에 있으면 업무만으로도 충분히 벅차거든요?

당신 변덕 맞추고, 똥 치우느라 야근하고, 술자리 따라다니고.

그럼에도 불구하고 제게 그런 말을 할 수 있는 당신은

정말 탁월한 도라이입니다.

무성할	한	줄	사내
무	**한**	**사**	**랑**
茂	恨	賜	郎

끝없이 한을 주는 남자

당신은 돌아이에게 관심이 없어도

돌아이는 당신에게 관심이 많습니다.

그러니 근처에 없다고 해서 안심하지 마세요.

분명 어떤 계기로든 찾아올테니까요.

동전 몸

붕 신

鏰 身

동전 같은 사람

앞뒤가 다른 동전 같은 사람. 붕신. 딱 저희 팀장님이죠.

불가능한 일을 윗선에서 시키면,

그 앞에서 '네네' 거리고 밖에서는 한참을 욕만 하네요.

물론 욕만 하는 팀장님 결론도 '어떻게든 해내라'입니다.

안 좋은 결과는 결국 아랫사람의 부족한 능력 때문이니까요.

<table>
<tr><td>낱</td><td>높을</td><td>일만</td><td>이로울</td></tr>
<tr><td>개</td><td>존</td><td>만</td><td>이</td></tr>
<tr><td>個</td><td>尊</td><td>萬</td><td>利</td></tr>
</table>

한 명 한 명에 대한 존중으로 만 가지의 이로움을 주다

으쓱이는 팀장님 어깨를 보니

다른 팀장님들이 치켜세워줬나 보군요.

그 팀의 일들을 또 넙죽 받아왔을 테고요.

실제로 일을 처리하는 팀원들 생각은 1도 안 하고

다른 이들에게 이로움을 주며

인정받을 생각만 하는 당신은 진정 개존만이입니다.

겨레	집	이에	다를
족	가	내	유
族	家	乃	秼

또 하나의 가족

우리 팀장님께서는 항상 말씀하신다.

또 하나의 가족이 있다면 그건 바로 우리 팀이라고.

그러니 팀원들끼리 서로 돕는 가족 같은 사이가 되라고.

그럴 때마다 미소 짓는 팀장을 보며 나는 생각한다.

족가내유.

돌아올 　 알 　 제사 　 날

회　식　제　일

回　　識　　祭　　日

다시 알게 된 나의 제삿날

"팀장님, 어제는 회에 소주였으니 오늘은 양꼬치나 삼겹살 어떠세요?"

"역시 팀빌딩에는 회식이 제일이지?

예약은 우리 막내에게 맡겨보자고."

品을　밥　미리　맺을

회　식　예　약

懷　食　豫　約

니들은 먹을 생각만 하기로 미리 약속이라도 했니

회식 장소 예약하라는 팀장님 말씀에

팀원들이 하나 둘 내게 모여들어 한 마디씩 한다.

옷에 냄새 안 배는 곳이 좋다.

인원이 많으니 양 많이 주는 곳으로 가자.

이왕이면 맵지 않으면서 매콤한 것 먹자.

고급스러우면서 싸고 든든한 것 먹자.

…가고 싶은 곳이 있으면 니들이 예약하든가.

이럴 거면 그냥
너들이 예약해!!

폭 풍 회 식

暴 豊 會 食

회식이 무서울 정도로 풍년이다

다들 연말 분위기를 즐기고 싶어서
집에 들어가기 싫은 건 알겠습니다. 저도 그러니까요.
하지만 그렇다고 해서 당신들과 같이 있고 싶은 건 아닙니다.
누구와 그 분위기를 즐기는가.
저는 그게 더 중요하거든요.

버금 잔 버금 잔
차 잔 차 잔
次 盞 次 盞

다음 잔, 그다음 잔

위에서는 짜잔 페이스 맞춰.

밑에서는 차잔 술을 채워.

일할 때는 좁쌀만 한 보람이라도 있었는데

몸도 멘탈도 버리는 회식은 정말 모르겠다.

버금 곡할 버금 곡할
차 곡 차 곡
次 哭 次 哭

다음 노래, 그다음 노래

어서 다음 노래 차곡차곡 예약해.

그리고 앞에 좀 나가줄래?

우리 팀장님 혼자 노래 부르시잖아.

외롭지 않게 옆에 서서 탬버린이라도 좀 쳐봐.

한이 맺힌 잔인한 거짓말

'한 잔'만 하자는 당신.

오늘도 소주 '한 잔'으로 새벽까지 마시겠네.

여보세요? 나야. 엄마 잘 지내지?

나 오늘도 얼굴 못 볼 것 같아.

대신할	다스릴	죽을	구를
대	**리**	**운**	**전**
代	理	殞	轉

대리 쓰다가 구르며 죽을 수도 있어

면허 있냐고 물어봤지, 언제 땄냐고는 안 물어봤잖아요.

외근 한 번 같이 가시면 그제야 아실 겁니다.

제가 바로 그 지옥행 급행열차라는 걸요.

새 지저귈
앵
嚶

머리
두
頭

골 아프게 지저귀다

우리 팀장님이 그나마 이쁠 때가 언제냐고요?

앵두 같은 그 입 닫고 있을 때요.

밀칠	똥오줌	믿을	도울
배	**변**	**신**	**호**
排	便	信	護

똥 쌀 땐 믿어주고 보호해줘

'여기에 볼일 봐도 괜찮아요?'

'볼일 잘 보면 간식 줄 거죠?'

강아지가 배변을 볼 때 주인을 쳐다보는 이유에는

여러 가지 의견이 있지만

'똥 싸는 동안 지켜주세요'라는 의견이

개인적으로 가장 설득력 있네요.

봐요. 상무님이 부르니까 우리 팀장님이 또 저를 쳐다보잖아요.

밝을 바를

발 광

跋 匡

옳은 것이 짓밟히다

번뜩이는 기발함은 걷어차고,

납득하기 어려운 헛소리는 좋다고 하는 우리 팀장님.

그분이 생각하는 아이디어의 기준을 도통 모르겠다고요?

그분 마음에 들었거나, 그분 머리에서 직접 발광한 생각이거나.

그것이 그분이 생각하는 아이디어입니다.

바로 당신이 야근을 하고 있는 이유이기도 하죠.

이에　거짓　말씀　지을

내　가　언　제

乃　假　言　製

도리어 거짓말을 만들어 내다

본인이 일을 했어도

결과가 좋지 않으면

그 책임은 아랫사람에게 돌리고,

입   떠듬거릴   모두   거짓

구 건 제 가

口   謇   諸   假

입으로 떠듬거리는 것은 모두 거짓

본인이 일을 안 했어도

결과만 좋으면

그 보상은 본인이 챙기려고 합니다.

다스릴	풀	어찌	이를
이	**해**	**하**	**지**
理	解	何	至

어찌 이해에 이르리

가만히라도 있으면 그냥 돌아이로 생각하고 말 텐데

핑계와 사과로 제 마음을 한 번 더 긁어 놓네요.

입장 바꿔 생각해보세요.

당신이라면 이해하겠어요?

옳을	알	핍박할	노략질할
의	**지**	**박**	**약**
義	知	迫	掠

시비를 알아도 핍박과 노략질을 당하다

"저번에 진행했던 프로젝트 보니까 너 의지가 좀 부족한 것 같더라.

이번에는 걱정하지 마. 내가 힘을 실어줄 테니."

안 될 성 싶은 프로젝트는 무관심.

될 성 싶은 프로젝트는 멀쩡한 제 의지가 박약하단 핑계로

숟가락 꽂기입니까.

기쁠 무리 잡을 믿을
喜 隊 秉 信

무리에게 기쁨을 주어 신뢰를 얻다

당신이 무슨 말을 하든
우리들은 웃을 수밖에 없습니다.
쉴 새 없는 개그로 웃음만 주는 당신은
진정한 희대병신입니다.

비로소 필 항상 일
시 발 상 사
始 發 常 事

모든 시작을 항상 일에 두다

묻지도 따지지도 않고

오직 결과와 실적으로 사람을 판단하는 당신.

정말 시발상사네요.

(시 봉 세)

侍   奉   說

모시고 받들어 달래다

아, 또 삐쳤다. 툭하면 삐치네.

자주 삐치는 것도 고달파 죽겠는데,

삐쳤는지 안 삐쳤는지 알 수 없게 좀 삐치지 마라.

일단, 어서 가서 시봉세 하자.

갈 때 녹색 딸랑이 가져가는 것 잊지 말고.

다다를	씩씩할	두려워할	막을
부	**장**	**출**	**장**
赴	莊	怵	障

씩씩하게 돌아올까 두려우니 막아주세요

부장님께서 제주도로 2박 3일 출장을 떠나셨다.

비행기가 연착되거나 추락하진 않을지,

조심히 잘 가고 계신지,

식사는 거르지 않고 일을 하실지,

너무 걱정된다.

개 임 방

편안할 맡길 놓을

愷 任 放

방임은 편안해

사무실 안쪽, 벽을 등진 구석자리.

아랫사람들을 위하는 척 자유방임을 외치면서

본인 또한 일절 방해 받지 않겠다는

프로게이머가 그곳에 삽니다.

말 부릴	입	큰 말	옳을	아닐
어	**구**	**래**	**시**	**불**
馭	口	駃	是	不

입으로 말 부리듯 명령하는 것은 옳지 않아

업무는 적극적이고 Aggressive하게 하라며

말도 안 되는 일을 말로만 시키는 당신.

어.구.래.시.불.

전 까라면 까는 그런 가축 따위가 아닙니다.

입만 살아가지고.

계산은 돈 많이 받는 사람이 하시지

점원님. 저희 몰빵게임 중이니

이 카드들 중 하나 골라서 계산해주세요.

그런데 유독 이 카드가 빛나지 않나요?

분명 후회하지 않을 거예요.

하나의 카드로 여럿에게 행복을 줄 수 있답니다.

쉬엄쉬엄 갈	한가할	오히려	간사할
착	**한**	**상**	**사**
辵	閑	尚	邪

한가할 때 쉬엄쉬엄 하라는 놈이 더한 놈일걸

사람은 원래 아무 일 없으면 착해요.

바짝 조이는 상황에서도 착해야 진짜 착한 사람이지.

다시 한 번 물을게요. 당신의 팀장님은 착한가요?

4장

얄미운 소리 하는 선후배는 없느니만 못하고요

세 世

버섯
균 菌

칠
박 拍

멸할
멸 滅

인간균들을 죽여 없애다

일로 혹사시키는 세균. 사우나만 가는 세균.

처먹기만 하는 세균. 무조건 대들고 보는 후배 세균.

어쩐지 회사만 오면 아프더라.

SAUNA

니 미 족 가

너 아름다울 겨레 집

你 美 族 家

당신의 아름다운 가족

당신의 메신저 프로필만 봐도

가족을 얼마나 소중히 여기는지 알 것 같아요.

키우는 강아지에 대한 사랑도 느껴지네요.

니미족가.

그런데 어째서 우린 사람 취급도 안 해주는 건가요?

논박할　어리석을　어찌

(박 치 내)

駁　癡　奈

그런 바보 같은 질문에 내가 대답해야 하니?

"일은 안 힘드니?"

일이 왜 힘들어요. 일하는 내가 힘들지.

상식적인 질문 좀 하자. 빡치게 하네.

조심할	맛	윗	몸

기 미 상 궁

| 蘷 | 味 | 上 | 躬 |

윗사람을 조심히 맛보다

매일 아침, 상무님 기분 어떠시냐고

나한테 묻는 팀장님도 어이없지만,

공과 사를 구분하라는 말이

기분 따라 성질내는 상무님의 입버릇이란 것이 더 어이없다.

느낄   간사할

감 사

感   邪

간사히 여기다

"내가 연결시켜준 업체와는 잘 되고 있지?

잘 되면 한 턱 쏴. 나도 프로젝트에 조인시켜주고."

쓰레기통에 버리려던 명함, 후배에게 버려서

간사히 잘 만든 감사한 상황.

정말 감사합니다.

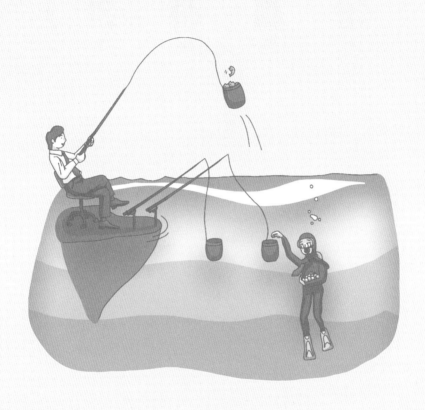

바꿀 형세 희생 돌아올

태 세 전 환

兌 勢 牷 還

본인에게 희생이 돌아오면 형세를 바꾸다

내 아이디어 좋다고 할 땐 언제고

그 아이디어 때문에 추가 업무가 생길 것 같으면 딴소리.

일하기 그리 싫으세요?

기가 막히게 빠른 태세전환이네요.

들추어낼 나 실마리 풀

알 아 서 해

訐 我 緒 解

혼자 들추어내 실마리를 풀다

상무님의 법인카드 전표를 처리해드리려고

사용내역을 본인에게 물어보면

카드 전표 같은 간단한 일쯤은 알아서 처리하라며 짜증을 냅니다.

애당초 그 간단한 일쯤은 스스로 처리하면 안 되나요?

4장 • 알미운 소리 하는 선후배는 없느니만 못하고요   192 / **193**

빌　　　　　수레　　　　씩씩할

(공　차　장)

空　　　車　　　莊

빈 수레가 요란하다

야구만 보다가 업무 하나 끝낸 우리 팀 공 차장은

대단한 일 하나 끝낸 양 요란스럽게 커피를 마시러 나갔습니다.

간단한 업무일수록 작업은 오래.

조그마한 업무일수록 생색은 요란하게.

그 기분은 이해하지만 얄미운 건 어쩔 수 없네요.

오로지　물러날　모일　고요할

전　퇴　사　요

專　退　社　窈

오로지 퇴사는 고요하게

곧잘 말하던 사람이 갑자기 조용해지는 이유는 딱 한 가지뿐이죠.

업무는 요란하게.

퇴사는 고요하게.

들을 거듭 두려울

청 첩 장

聽 疊 悼

들으면 들을수록 무서운 그놈의 희소식

친하지 않은 회사 동료님.

당신의 결혼은 축하드리지만 축의금 5만원 내기는 망설여집니다.

회사에서 한 주에 한 명만 결혼해도 한 달이면 20만원이거든요.

사실 회수만 할 수 있다면 기꺼이 내겠지만

아직 연인도 없기에 축의도, 퇴사도 쉽게 못하고 있는 저랍니다.

다음주 일요일

재우팀 박사원

다음주 토요일

영업팀 김대리
이번주 토요일

클	면할	대할	얼굴
대	**면**	**대**	**면**
大	免	對	面

얼굴 마주함을 크게 피하고 싶다

회사 동료의 결혼식.

소중한 주말에 시간 내서 가는 것도 고민되지만,

주말만큼은 대면하지 않아도 될 사람과의 데면데면함.

그걸 못 견디겠어요.

수 래 기 통

愁 來 己 慟

근심 올 몸 서러워할

모든 근심은 나에게 오니 서럽네

팀장님 커피 좀 타줄래?

(다 타면 내가 갖다드릴게.)

이번 일 믿고 맡길 테니 잘 해봐.

(어차피 가망 없어 보이니 너가 해봐.)

점심 먹기 전까지 엑셀로 정리해서 나한테 보내.

(내가 하기에는 귀찮거든.)

오후에 동기들이랑 창고 정리 좀 해라.

(난 먼지 많은 건 질색이야.)

한가할	무리	피곤할	놈
한	**대**	**피**	**자**
閑	隊	疲	者

한가해서 무리짓고 싶어 하는 피곤한 놈

"막내야, 뭐하니? 한 대 피우러 가자. 내가 데리고 나가줄게."

"…아 예. 마침 한 대 피우고 싶었는데. 하하."

나름의 할 일도 있고 과장님 담배 상대만 하는 게 아닌 우리 막내는

오늘도 쓸쓸히 사무실 불을 직접 끄고 귀가하겠군요.

말씀 곱 다를 임할
담 배 타 임
談 倍 他 臨

평소와 다른 태도의 그의 말이 곱절로 늘다

"요새 무슨 고민 있니? 형한테 다 말해봐."

당신이 내 인생 최대 고민이거든요?

그리고 당신 같은 형 둔 적 없습니다.

담배 피우러 나오기만 하면 형이래.

가 배 시 간

珈 　 琲 　 始 　 迁

커피를 비로소 구하다

매시간 담배 피우러 나갔다 오는 과장님은

어쩌다 한 번 커피 사러 나갔다 오는

나를 놀다온 직원인 양 얘기합니다.

흡연자가 놀면 쉬는 거고 비흡연자가 쉬면 노는 건가요.

그래도 과장님의 담배노예로 수고해주는

우리 불쌍한 막내 덕분에 이렇게 커피타임을 갖습니다.

해　클　값　떠날

세 대 가 리

歲　大　價　離

나이만큼 큰 값어치를 못함

"생각이 있는 거야? 너 진짜 그만두고 싶어?

젊은 애들한테 세대갈이 한번 당해볼래?"

보통은 둘 중 하나다.

일이 틀어질 것 같으니 나잇값 못하고

책임 떠넘기는 간악한 천재이거나,

자신의 수정 지시도 기억을 못하는 치매성 바보이거나.

그런데 이분은 상황에 따라 자신의 기억을 지워버리는

바보적인 천재겠지.

당신이 그렇게 고치라며 이 새대가리야.

참   일찍 죽을   병

진 상 질

眞   殤   疾

제대로 일찍 죽을 병

"세련되고 깔끔, 심플하면서 화려하게,

가독성은 살리되 꽉차고 설득력 있게 만들어봐."

이게 뭔 발암력 충만한 진상질이야.

PPT보다 예술작품 만드는 게 더 쉽겠다, 쉽겠어.

부끄러울 　주울 　사냥할 　무리

수 군 수 군

羞 　拇 　狩 　群

남의 부끄러움을 줍고 사냥하는 무리

사람들은 타인에게 의외로 관심이 없다고 하지만

회사에서는 왜들 그리 수군대는지.

좋은 일은 금세 잊히고 실수나 비밀은 빠르게 퍼져나간다.

칠 먼저

복 선

扑 先

선수치다

"우리 팀 요즘 계속 철야 중인데 내일도 야근이라며?

딸내미가 갑자기 응급실 가야 할 정도가 아니면 당연히 남아야지.

이번 건 끝나면 한잔하자. 맛있는 거 사줄게."

구구절절 복선 까는 거 보니, 이거 칼퇴 플래그 맞나 보다.

과장님, 내일 퇴근시간에 따님이 많이 아플 예정인가 봐요.

올
래 來

생각할
고 考

모양
모 貌

다를
리 異

들어올 때는 분명 사고방식과 외모가 제각각이었는데

우리 회사에서 팀장이 되면 다들 비슷해지지.

2:8의 레고머리.

셔츠 틈새로 보이는 불어난 똥배.

그리고 매일 반복하는 꼰대소리.

거짓 꾸밀 다툴 두

가 식 쟁 이

假 飾 爭 二

둘만의 가식 전쟁

"상무님, 제게 성찰이 필요한 시기인 것 같아
고민 끝에 퇴사를 결심했습니다."
"갑자기 그러니까 너무 아쉬운데? 다른 업무도 해볼래?
그래도 어렵게 입사했는데 다양한 일은 해보고
퇴사하는 게 좋지 않겠니?"

〈번역〉

"상무님, 당신 때문에 더 이상 못 참겠어요."
"야, 퇴사하는 순간에도 짜증나게 할래?
다른 임원 밑에서 퇴사해. 내 KPI 깎이니까."

어 대 가 니

御 隊 呵 你

너 괴롭히려고 모인 무리

화장실이라도 가려고 자리에서 일어나면

굶주린 좀비떼마냥 달려와

어디 가냐, 시킨 일은 어디까지 진행됐냐 등

한 명씩 돌아가며 재촉한다.

하. 니들 돌아가며 물어볼 시간이면

난 이미 화장실 다녀와서 커피도 한 잔 마실 수 있었을 텐데.

5장

확 때려치우고 싶지만
아, 벌써 내일이 월급날이네요

터 이불 편안할 뛰어날

지 금 일 걸

址 衾 逸 傑

특출나게 편안한 나의 이불구역

늦은 주말 아침.

졸린 눈으로 머리맡의 스마트폰을 보다 보면

주말 아침이 후딱 지나가버리는 마법이 펼쳐집니다.

비록 시간은 아깝긴 해도 너무 행복하네요.

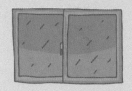

점 마음 베풀 정성스러울

(**점 심 시 간**)

點 心 施 狠

작은 것에도 마음을 베풀며 정성을 다하다

학창 시절, 공부만 아니면 그 어떤 일을 해도 행복했던 순간들.

그 대책 없는 행복감을 직장인이 되어 다시 느껴볼 기회가 있다면

책상 정리마저 즐거운 점심시간 직전뿐이네요.

열	헐뜯을	분할	온전할
십	**오**	**분**	**전**
十	鰲	憤	全

열 번 헐뜯어도 가시지 않을 분함

일을 지금 넘기나 이따 넘기나

오후에 작업하는 건 마찬가지인데

굳이 점심시간 십오분전에 넘겨야만 속이 후련할까.

꾸짖을 어리석을 틈 찌를

가 치 가 자

呵 癡 暇 刺

빈틈을 찔린 자신의 어리석음을 꾸짖다

약속 없는 팀원끼리 점심 먹자는 팀장님.

이런. 매일 약속 잡아놓다가 오늘만 못 잡은 건데.

다신 이런 일 없도록 정신 바짝 차려야겠다.

점심시간까지 팀장님 얼굴을 보는 건 너무 끔찍하잖아.

팀장

점심 약속 없는 사람들 함께 할까?

팀장

확인했으면 대답 좀 하지?

차장

전 물론 약속 없습니다!

5

견딜	값	부드러울	아양 떨
내	**가**	**손**	**다**
耐	價	巽	嗲

가격을 견디며 부드럽게 아양 떨다

팀장님은 점심 약속 없는 팀원들을 찾아다니고,

나는 급하게 약속을 만들어야 할 때.

나의 구세주는 역시 사랑하는 동기들.

여러분, 제발 저랑 밥 먹어주세요. 오늘은 제가 다 쏠게요.

우리 팀장님이 약속 없는 팀원들 같이 점심 먹재...

나랑 점심 먹어줄 동기님 모십니당...

밥은 당연히 제가 삽니당..

입 찰 쓸쓸할 고요할
구 만 처 묵
口 滿 凄 嘿

혼자 입을 채우는 것은 고요히 쓸쓸하다

평소에는 부르면 뒤돌아보지도 않으면서

봉지 뜯는 소리에는 기가 막히게 반응하네요.

사온 적은 없으면서 남이 사오면 구만처묵하다며 엉겨붙는 당신.

저는 구만처묵해도 되니 당신은 그만 처묵해 주세요.

옳을   아첨할   사례할   밝을

가 족 사 랑

可   呢   謝   朗

옳은 일인데, 내가 왜 아첨해서 사례받듯 기뻐해야 하지

근무시간이 정해져 있으면 정시 출퇴근은 당연한데
하루의 칼퇴를 보장해준다는 '가족사랑의 날' 제도.
칼퇴를 하루 '만' 보장해주도록 악용되고
가족을 더 사랑하려면 허락을 받아야 할 것 같은
뉘앙스의 이 제도가 정상적인가요?

회 사 원

悔 事 元

가장 후회되는 일

월요일부터 밀려오는 이 후회스러움.

내가 회사원이라니.

_{스스로} **자** 自   _{바꿀} **체** 替   _{자루} **병** 柄   _{믿을} **신** 信

믿음의 근본을 스스로 바꾸다

어차피 결과가 같다면,

모든 똥을 치우는 천재가 되느니

자기 똥도 못 치우는 바보가 되겠습니다.

옷 부릴 가둘

복 역 수

服 役 囚

옷으로 사람을 구속하고 부리다

열정과 설렘이 가득했던 신입 연수 시절의 나.

인생에서 애사심이 가장 충만한 때였다고 자부할 수 있지.

하지만 그 시절이 가장 행복했음을 깨달은 지금의 내가 돌이켜보니

그때부터 무늬만 없는 죄수복을 입고 있었구나.

진작 알아차렸어야 했는데.

어 린 이 날

語 躪 彝 陧

오늘은 떳떳하게 댁의 말씀을 씹겠지만
뒷일이 불안하긴 합니다

휴일에 잠수 타면 무책임한 사람이라니요.

휴일에도 업무가 발생하는 직무였으면

추가 인력을 고용하셨어야죠. 그게 왜 제 탓인가요.

아무튼, 오늘은 연락을 씹겠습니다.

내일의 지랄은 달게 받겠습니다.

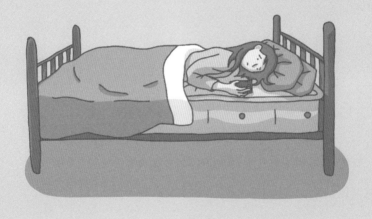

갈 가질 수확 이미

거 지 색 이

去 持 穡 已

이미 수확해 가져가다

공용간식대의 보급 소식에 기쁜 마음으로 달려가봐도

주연급 간식들은 이미 사라지고 조연급들만 남았네.

언제나처럼 어느 거지의 주머니와 책상 서랍 속에 쌓여 있겠지 뭐.

빌 편안할 벙어리 슬플

허 수 아 비

虛 綏 啞 悲

편할 수 없는 슬픈 벙어리

"지금 시간 괜찮아? 미안해.

내가 바빠서 그런데 이것 좀 부탁할게. 고마워."

혼자 묻고 사과하고 감사하는 것이 대화는 아니잖아?

허수아비 취급 그만하고 나도 말할 여지 좀 주면 안 되겠니.

옥 대신할 잇기
어 대 야
圄 代 也

~~~~~~~~~~~~~~~~~~~~~~~

대신해야 할 것들이 이어지는 감옥

'어디야'라며 찾지 좀 마.

나도 할 일 많거든?

분명 누구나 할 수 있는 일인데 왜 꼭 나만 시키려는 거야.

이바지할	도울	많을	짐작할
공	**부**	**다**	**짐**
供	扶	多	斟

쓸모가 많을 거라고 짐작하다

책상만 차지하던 나의 깨끗한 외국어 교재들.

이제야 비로소 쓸모가 있네.

모니터 하나 더 가져와야겠다.

너 옳을 죽을 뵐 나
(니 가 몰 알 아)
你 可 歿 謁 我

니가 무조건 옳을 테고 덕분에 난 죽음을 맛보겠지

실무경험이 부족한 관리직의 기획.

그 말도 안 되는 기획을 지침으로 받아본

실무직의 기분을 아시나요.

일만 원할 다툴 닿을

만 원 경 쟁

萬 願 競 振

그토록 바라던 만원을 위한 경쟁

점심값도, 최저임금도 만원을 찍으려 하더니
야근 좀 했다고 내 시급도 덩달아 그 지랄이네.
야근을 해도 시급 안 깎이는 방법이 궁금하다고?
간단해. 야근 수당을 제대로 받으면 되지.

한가할 　가혹할 　거짓
한 가 위
閑　苟　僞

휴일이라는 가혹한 거짓말

쓸데없는 스트레스와 관심이 넘쳐나는 이곳은 회사인가요 집인가요.

정장만 안 입었지 다들 직장상사 뺨 치네요.

더도 말고 덜도 말고 한가위만 같아라?

끔찍한 소리 집어치우시죠.

외로울 · 홀로 · 괴로울 · 더불

고 독 해 여

孤 獨 恔 與

혼자서는 외롭고 둘이서는 괴롭다

솔로든 커플이든 기다려지는 빨간날, 크리스마스.

하지만 울리지 않는 휴대폰을 만지작대며

특선영화를 돌려보는 솔로는 외롭고,

북적대는 바깥세상에서 사람에게 치이고

돈은 돈대로 쓰는 커플은 괴롭다.

애수홀

<table>
<tr><td>어리석을</td><td>머리</td><td>갑자기</td></tr>
<tr><td>애</td><td>수</td><td>홀</td></tr>
<tr><td>騃</td><td>首</td><td>忽</td></tr>
</table>

갑자기 어리석어지는 대가리

당신만 들어가야 할 부문장 보고에

왜 나를 데리고 들어가는 것이며, 왜 내가 주인공입니까.

보고만 들어가면 얼버무리며 저를 쳐다보는 당신.

늘 애수홀이군요.

쇠 옹 지 마

衰 雍 只 魔

안 좋은 일, 좋은 일 두루 있지 않고 마만 끼다

이런 일도 있고 저런 일도 있는 게 인생이라는데

왜 내 인생에는 이런 일만 벌어지냐.

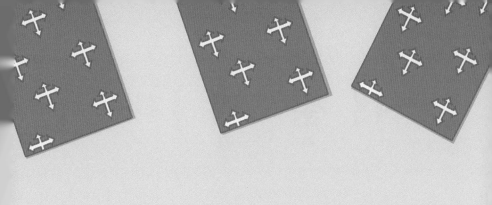

DEATH

DEATH

DEATH

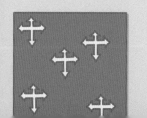

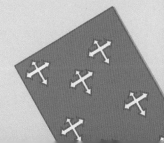

드디어   노할

遂   勃

참다 참다 마침내 폭발하다

일 좀 하고 싶어서 들어왔더니

집배원도 아닌데 우편 수발!

간병인도 아닌데 어르신 수발!

내가 나를 어떻게 키웠는데! 이런 수발!

거둘   몸

색 기

穡   己

보살펴 줘야 하는 몸뚱아리

세 끼는 챙겨야 든든하다고 하는데

자칭 든든하다는 색기도 챙겨야 하나요?

치우칠	마를	거듭	노할
편	**한**	**신**	**발**
偏	暵	申	勃

한 명만 피말리니 내가 매번 화내는 거잖아

아무리 예쁜 신발이 많아도 자주 신게 되는 신발은 편한 신발이듯

아무리 일 잘하는 사람이 많아도 일이 몰리는 놈은

결국 만만하고 편한 나인가 보다.

대할   머뭇거릴   집   속

(**대 지 우 리**)

對   踟   宇   裏

낯선 내 집 안

여유로운 주말이 되어서야 눈에 띄는 난잡한 내 방.

내 방이 돼지우리인가, 돼지우리가 내 방인가.

아니면 내가 돼지인 건가.

그것도 아니면 둘 다인가.

사나울 　 막을 　 못

포 옹 당

暴 　 壅 　 塘

사나움을 막아줄 분수

외근만 나가면 날 찾냐.

하루 정도는 현지퇴근하면 안 되냐.

그리고 업체들. 너네도 내가 만만하냐.

<table>
<tr><td>돌아볼</td><td>날</td><td>사사</td><td>글</td><td>함</td></tr>
<tr><td>고</td><td>생</td><td>사</td><td>서</td><td>함</td></tr>
<tr><td>顧</td><td>生</td><td>私</td><td>書</td><td>函</td></tr>
</table>

나의 흔적들을 돌아볼 수 있는 사서함

그때 그 시절, 고생도 사서한

나의 흔적들이 담겨 있는 고생사서함.

당시에는 죽을 맛이었지만

지금은 이 각박한 곳에서 묻기 애매한 것도

눈치 안 주며 알려주는 유일한 스승이네.

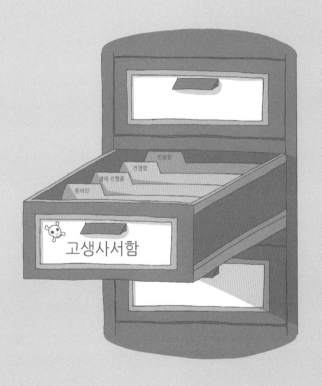

6장

오늘도 묵묵히 출근하는 당신을 응원합니다

<table>
<tr><td>무성할</td><td>맛</td><td>겨레</td><td>이를</td></tr>
<tr><td>니</td><td>미</td><td>족</td><td>도</td></tr>
<tr><td>枏</td><td>味</td><td>族</td><td>到</td></tr>
</table>

여러 가지 맛으로 무리를 하나로 만들다

팀장님은 집에 가기 싫으신가 보지만
저는 오늘만큼은 집에 가고 싶습니다.
이 날은 야근하고, 저 날은 회식하면
가족 얼굴은 언제 볼 수 있답니까.

견딜	지킬	생각할	도망할
내	**보**	**려**	**도**
耐	保	慮	逃

견디다 못해 멘탈을 지키려 달아나다

애인은 있니. 결혼은 언제 하니. 살 안 빼니. 돈은 모아놨니.

즐거운 명절에 만나

똑같은 질문을 돌아가며 물어보는 친척들의 오지랖은

대꾸하기도, 무시하기도 애매하다.

나 좀 내보려도.

알　다 죽일　너　나

인 섬 니 아

認　殲　你　我

너와 나, 우리 모두가 느끼는 자살충동

자기 싫은 게 아니에요.

일어나기 싫은 거예요.

눈 뜨면 월요일이니까.

물러날　　　　일　　　　옳을　　　　대답

퇴　사　가　답

退　　　事　　　可　　　答

일에서 한 발짝 물러나서 보면
무엇이 옳은지 답이 보일 것이다

기획팀이 긴박하게 요청한 숫자 자료를 급하게 만들어 보내주니

여러 팀의 취합이 어려웠는지 새로운 양식으로 재요청하더라.

야근해서 보내놓으면 내일 또 새로운 양식으로 보내달라 하겠지?

역시. 퇴사가답.

애들아, 오늘은 팠으니
내일은 다시 메우자

낮 윗 자리 그늘

(면 상 석 음)

面 上 席 陰

얼굴에 핀 그늘자리

월요일 출근길에 마주친

당신들의 얼굴을 보자니

말하지 않아도 알겠어요.

당신들의 마음 또한 나와 같다는 것을.

개와 새가 정년까지 다니도록 돕기

정작 떠나면 안 되는 능력자들은 떠나가고

온갖 방법으로 물 흐리며 끝까지 떠나지 않는 건

개새들뿐이더라.

끌 엿볼 이름 들을
引 伺 名 聆

엿보고 싶고 명단도 듣고 싶다

미리 알아봤자 도움되는 것도 아닌데

괜시리 엿듣고 싶고

궁금해서 일이 손에 안 잡히게 만드는 그런 이야기.

칼 물러날 모 알

도 퇴 방 지

刀 退 方 知

칼퇴근의 방법을 알다

업무만으로도 벅찬 이 상황에서

도태방지를 위한 자기계발을 그리 강조하신다면

저는 도퇴방지를 위한 대학원을 택하겠습니다.

그러니 앞으로 야근시킬 거면 등록금부터 내주세요.

사사 | 값 | 차례 | 비롯할
사 가 제 창
私 價 第 創

개인 가치가 제1순위

저는 제 자신을 위해 삽니다.

회사도 먹고살기 위해 다닙니다.

그러니 저의 애사심을 키우고 싶으신 거라면 그냥 돈을 더 주세요.

한 번의 연봉인상, 열 번의 사가제창 안 부럽습니다.

안사람이 돈을 지키는 것은 세상 중요하다

올해 연말에도 회사 로비에서 열린 와인 특판행사.

그리고 그 앞에서 지갑 대신 휴대폰을 들고 서성이는 회사 아재들.

"여보세요? 여보?

회사에서 와인 싸게 팔길래 연말 분위기 내보는 건 어떨까 해서…

맨날 술 처먹고 들어오면서 무슨 와인 타령이냐고?

응…미안…닥치고 빨리 갈게."

한 주는 길고 인생은 짧다

일주일은 긴데 일년은 후딱 지나가네요.

이렇게 계속 주인의식 갖고 일하다가는

짧은 인생, 일만 하다 가겠어요.

높을	떠날	아득할	일어날
고	**리**	**물**	**기**
高	離	汔	起

윗사람부터 집에 가니 내가 일어날 차례는 아득하다

차장이 퇴근 안 했기 때문에 과장이 퇴근 못하는 것이고,

팀장 때문에 차장, 상무 때문에 팀장 또한 그런 것이라면

윗사람일수록 필요한 것은

상사에 대한 눈치가 아니라 악습에 대한 조치 아닌가요.

이제 막 구입한 신년 다이어리에 연중목표를 뿌듯하게 채워놓지만

얼마 지나지 않아 그 다이어리를 찾고 있는 나라는 인간.

내년에도 이 짓을 반복할 것 같은 기분이 드는 건 왜일까.

발 간 날

發　衍　捺

눌렀던 즐거움이 폭발하다

빠, 빨간 날! 존버해 Honey.

바라보면 점점 상상되는 휴일의 그 맛.

책상 위 달력 찾아봐 Baby.

내가 제일 좋아하는 건 빨간색의 그날.

시간아, 거짓말은 옳지 않아

아침에 4번 참고 봐도

점심에 2번 참고 봐도

저녁에 3번 참고 봐도 참 안 간다.

4번 참고 봤으니 1시간은 지나야지, 30분이 뭐냐.

눌 웅 지

呐 儆 志

의지는 있는데 말을 더듬네

저도 퇴사하고 싶습니다.

그런데 월급과 후배는 잘 들어오지, 업무도 슬슬 손에 익지,

그러다 보니 눌러붙게 되네요. 누룽지처럼.

저, 저도, 퇴, 퇴사하고 싶긴 하다고요…

능할   힘   놈

능 력 자

能   力   者

능력 있는 사람

분명 퇴사자들은 초능력 하나쯤 숨기고 있는 능력자일 거야.

난 초능력이 없으니 퇴사를 못하고 있을 뿐이고.

자, 이제 자기합리화 끝냈으니 출근해야지.

될   씨씩할   집

화 장 실
化   莊   室

당당해지는 공간

이 굽은 허리 오징어는

오늘도 사람답게 살기 위해

화장실로 향합니다.

굿할   해할   칠

새 해 복

賽   害   扑

올해에는 한 대 칠 수 있기를 빕니다

만나는 사람마다 기원해 드리는

새해 복이라고 해서 다 같은 뜻은 아닙니다.

저도 사람을 가려가며 기원하거든요.

그런 의미에서, 과장님 새해 복 많이 받으세요.

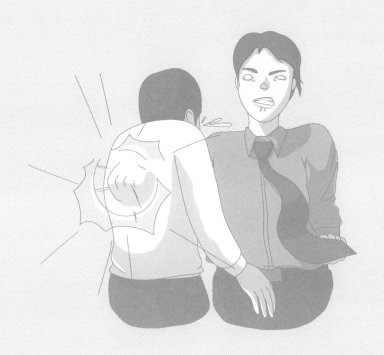

직장인 해우소

초판 1쇄 2018년 3월 18일
2쇄 2018년 4월 13일

지은이 최진영

발행인 이상언
제작총괄 이정아
편집장 조한별
기획 김주희

디자인 [★]규

발행처 중앙일보플러스(주)
주소 (04517) 서울시 중구 통일로 92 에이스타워 4층
등록 2008년 1월 25일 제2014-000178호
판매 1588-0950
제작 (02) 6416-3950
홈페이지 www.joongangbooks.co.kr
페이스북 www.facebook.com/hellojbooks
인스타그램 www.instagram.com/j_books

© 최진영, 2018

ISBN 978-89-278-0925-8 02810

중앙북스는 중앙일보플러스(주)의 단행본 출판 브랜드입니다.